KB126347

보이저 1호에게

류성훈
명지대학교 문예창작학과를 졸업하고, 동 대학원에서 박사 학위를 받았다.
2012년『한국일보』 신춘문예를 통해 시인으로 등단했다.
현재 숭의여대에 출강하고 있다.

파란시선 0056 보이저 1호에게

1판 1쇄 펴낸날 2020년 6월 20일
1판 8쇄 펴낸날 2020년 8월 10일
지은이 류성훈
디자인 최선영
인쇄인 (주)두경 정지오
펴낸이 채상우
펴낸곳 (주)함께하는출판그룹파란
등록번호 제2015-000068호
등록일자 2015년 9월 15일
주소 (10387) 경기도 고양시 일산서구 중앙로 1455 대우시티프라자 B1 202호
전화 031-919-4288
팩스 031-919-4287
모바일팩스 0504-441-3439
이메일 bookparan2015@hanmail.net

ISBN 979-11-87756-67-5 03810

값 10,000원

•이 책의 국립중앙도서관 출판예정도서목록(CIP)은 서지정보유통지원시스템 홈페이지(http://seoji.nl.go.kr)와 국가자료공동목록시스템(http://www.nl.go.kr/kolisnet)에서 이용하실 수 있습니다.(CIP 제어번호: CIP2020021595)
•이 책은 서울문화재단 '2013 예술창작지원-문학'의 지원을 받아 발간되었습니다.

보이저 1호에게

류성훈 시집

시인의 말

달리 뗄 입도 없이
약불처럼 거기 있었기를

호명할수록 지워져 가는
나의 마지막 이승들에게

차례

시인의 말

제1부

골절 - 11
굴드의 허밍 - 12
소서 - 14
언어의 기원 - 16
목성공포증 - 18
장복(臟卜) - 20
역언법 - 22
봄밤 - 23
밤의 도플러 - 24
수색 - 26
유리체 - 28
나의 채광창 - 30
가위 - 32

제2부

행성운동 4법칙 - 35
총상화서 - 36
회 - 38
산천어 - 40
공벌레처럼 걷기 - 41
절리 - 42
잠복기 - 44
강릉 - 46

글로뷸 - 48
검은 물 - 50
설기(洩氣) - 52
카마이타치 - 54
HAFE 현상 - 56

제3부

도선사 - 59
상 - 60
오월 - 62
배시스케이프 - 64
등화관제 - 65
애초 걸었던 길 - 66
섬모충 - 68
월면 채굴기(採掘記) - 70
틀니 - 72
거룩한 노랑 - 73
담낭암 - 74
서른의 방학 - 75
기일 - 77
졸업 - 79

제4부

공작왕 - 83
최초의 교환 - 84
푸주의 강 - 85

신천옹 - 86
까마귀 - 88
화장 - 90
사생대회 - 92
비문증 - 94
염 - 95
늘, 특수청소부 - 96
스페이스 할머니 - 98
옥수수 - 99
이장 - 101
보이저 1호에게 - 102
청참 - 104

해설

조대한 보이저 1호가 우리에게 남긴 것 - 105

제1부

골절

살에서 낙서가 자란다
속을 긁을 수 없는 뼈들이
두고 간 너의 우산처럼
곁에 기대어 선다, 아픔은
더 어울릴 곳이 없어서

함께 실족할 수도 있는 것
내가 부러진
그 위로 넘어지던 것을
우리는 관계,라고 불렀다

네가 나를 부축할 때
아무것도
짚고 설 것이 없을 때

비가 올 것 같아
늘 잘못 찾아오는
인력 밖의 계단이
모든 단단하던 낯을 떠민다

굴드의 허밍

그 정도면 됐다,고 의사에게 말하던
음악이 삶을 자루에 주워 담듯이

죽은 후의 춤이 더 아름답대도
내가 나를 연주한 줄 알았던 때만이
무심한 암을 어루만진다

발이 많이 달린 안개가
소매 속으로 기어든다 저것 봐 거품처럼
시간도 소리를 내지, 짚더미 같은
풀벌레들이 모두 죽은 후에도
빈 알집이 방음벽 위에서 말라 가면
생각 속으로 발을 헛디딘 새벽이
목젖까지 해진 담요를 덮어 주던

한 몽마(夢魔)의 이야기
피아노 위에 사과 한 쪽을 올려놓고
배고플 일 없는 세계를 그리던
아이의 채록을 엎는다

굶은 귀신에게 먹일 꿈도 없이
발만 많이 달렸던 아침이
점점 재미있게 말라 간다

소서

지루한 장마가 팥빵 두 개와 찹쌀 도넛 한 봉지를 들고 현관 앞에 선다 주전자가 빗소리를 뭉근하게 데울 때 나는 안경을 낀 채 조는 아버지에게 꿈이 더 잘 보이긴 하겠다,며 웃는 어머니를 바라본다

오랜만이지 엄마
바깥 하루는 날씨 얘기로 시작되고
한 가족의 밤도 날씨 얘기로 끝나게 되겠지
사실 비 얘기는 아니었는데

내가 할 수 있는 게 없는 여름과 할 수 있는 게 더 없었던 지난여름이 차례로 수박 조각을 집는다 이거 아직은 맛이 없다고 내가 어색하게 말했지만 그런 말은 아무에게도 중요하지 않았다

차 좀 마시자고, 아무리 늦어도 한 잔은 괜찮다고 우기기에 좋은 날 선풍기 방향을 맞추면서 이렇게 늦게 마시면 밤을 꼴딱 새울 텐데,라며 정말 느지막이 잠드는 그들을

나는

오래 보고만 싶었다

언어의 기원

생전 처음 보는 짙은 윙크가 움찔 다물린다 사랑은 끝이다 베이비여, 다신 돌아오지 말라고 뒤엉킨 빛줄기 아래 푸른 입술이 항문마다 오물거린다

비릿한 말 하나가
양념장 접시에 꼬인다
가장 질긴 공기가 빠져나가는

언제든 함부로 입 맞추던 오, 네가 오메가(Ω) 모양으로 속삭이는 잔주름들이 내 속으로, 더 짙은 멍으로

젊어서 이미 뜨거운 속내가 그를 낳은 속내에게 억울하게 적발될 때, 분명 나는 안 틀었는데 구멍은 자꾸 커지려고 하고

살점은 너무 많은 단추들을 가졌으므로
누구도 성급히 단추를 누르지 못한다

저게 뭐냐 돼지 똥구멍도 아니고

오늘의 TV에선 화장실 냄새가 난다
불꽃 속에서 움직이는 푸른 구멍으로 TV 채널이 몇 차례 혀를 차며 돌아간다

그가 내 구멍에 입을 넣어 주는 밤

목성공포증

작은 거짓들이 모여 만드는 오늘의 대적반(大赤斑), 단 한 번의 허울 없는 시간을 허락하는 저 결별이 웃는다 우리가 온 행성에서도 해 본 적 없는 걸음을 떠올릴 때 낯선 헌화는 숨이 막힌다

국물이 쓰다 빈객이 많을수록 육개장의 붉은 기름띠를 더 걱정하면서 너희는, 이쪽은 어디서 오셨는지 어떻게 갈 것인지를 잊은 채 가장 늦은 상주에게 한밤을 배웅케 한다

어두워 무서운 안개들을 더 어두운 예의들로 감싸 놓고, 상심이란 모두에게 늘 커 왔던 것인데 머리로는 늘 검게 모일수록 다행한 것인데 정작 이빨에 붙은 말들을 떼어내지 못한 채 미지근한 밥 냄새만 자욱하다

그곳은 전부 기체에 가까울 테니 내 발론 디딜 수 없는 세상이 있겠지 작은 회오리들이 저마다 막연하게 생몰하는 안부들 곁에서 어색한 저배율의 위성들이 공전의 이심률을 줄여 보려 한다

둥글게 둥글게, 너희에게 줄 것은 없고 그 대신 갈 곳도

없으니, 겉돌기 위해 모여든 태양계가 사이좋게 겉도는 이
유를 알고 있지만 아무도 증명하지 않는다 디딜 수 없는
사진 속에서 붉은 눈의 목성이 여기를 보고 있다

장복(臟卜)

교복 입은 어른들이 어른 같은 대화를
재떨이에 뭉개고 있을 때, 새삼
모든 게 의심스러웠다 저 커피 잔도
아직 깨진 적이 없으니
늘 나는 햇빛이 깨진 쪽에 앉고

천박한 말들은 아름다워진다
그들은 자신의 말을 모르고
알 방법도 없는 척력만이 있어서
낡은 삶들이 감히 끌어당기지 못하지만

모든 아름다움이 빠르게 지나간다면
한낮이 유일하게 가르쳐 준
속도는 젊음과 인력 중 어느 쪽인가

밖에서 두 명이 으깨졌다
모든 말은 또한 무단횡단이겠지만
그들에겐 법규, 같은 단어가
교실이든 도로든 따분했을 것
아름답지 않으면 꺾이기도 힘들어

저렇게 쉽게 끌려들어 갔을까

천박한 말들은 아름다웠는데
더는 가르칠 수 없게 된 이들이
따분했던 운전자의 손금을 지운다

옛날, 제물의 내장으로 점을 치던
예언가가 있었지, 다만
깨진 햇빛이 의심스러워
모처럼 오늘의 운세를 본다

역언법

너는 관계의 끝에 대해 말했다
모든 말들은 관계에 대한 것
이 암시적 간과를 고독,이라 부른다

모두가 고독을 애써 숨기지만
모든 이야기는 고독에 대한 것
이 소리의 동굴을 무엇이라 부를까

바닷가의 동굴을 처음 보았다
소리의 울림만이 좋았고
내려가 보지는 않았다

닳는다,는 말이 두 발끝에 깃든다

봄밤

누구나 봄밤 하나씩은 갖고 있었지만
봄은 아무도 데리고 있지 않았다

집으로 돌아가기엔 나이가 많고 별을 탓하기엔 어린 시대, 아직 추운 밤들만 먹이는 봄이 물을 끓인다 결국 재개발이 결정된 판자촌에 화재가 나고 주님의 은총으로 두 명밖에 죽지 않았다고 말하는 목회 앞에서 종교와 사람이 서로를 버리던

아직도 그런 곳이 있어?

그런 곳이 있다 집이란 있을 곳이 아니듯 봄은 내게도 있을 계절이 아니어서, 다행이야 짧아지는 밤들과 유통기한 지난 평온이 생살을 저밀 때 조심성 없는 하늘이 봄을 가스 불처럼 켜면 발진처럼 돋는 꽃눈들을 솎아 내면서

수없이 펼쳐진 흉터들이 모두 분홍빛이라는 것을
아무도 모르고 살았다

밤의 도플러

생각은 밤을 낳고, 별은 책장 너머의 너를 어렵게 누인다 맑은 이름이란 것은 없다 아무런 절기(節氣)도 찾지 못하는 손가락의 연동운동은 식욕의 냄새만 풍기기에 깨끗한 것 높낮이 없이 광구를 밀어 올리는 구심력의 부끄러움, 그것을 단단한 반복이라고 불수의적으로 정의하는 너의 어디쯤 흑점이 있었는지 대개의 나는 맑은 이름의 뒤편을 궁금해한다 졸린 밤이 무너진 두 교각 위에서 곡괭이를 집어 든다 거기까지,라고 외치는 낱말의 정체 속 우리는 정처 없이 서로를 핥았고 충분하지 않은 것 같다고 내가 먼저 말하고 싶었다

검증된 행성의 궤도상에서, 내가 만난 순간이 그의 실존적 공식을 숨길 때 나는 그곳의 술 냄새를 맡는다 적게 걸은 신발일수록 고무 냄새가 나는 게 이 별의 공전 원리, 라고 이불을 뒤집던 그가 낙서한 적이 있었다 어느 지방의 방언으로 9초에 한 번씩 웃겨야 채널을 돌리지 않는 포식자들이 낡은 송신기에는 무심하길 바란 채, 너는 어느 고형질의 피막 너머에서 질긴 오징어를 찢는지 거짓으로 무심한 몸이 진실로 고상한 살을 놓는 밤이었다 높은 궤도일수록 너는 잠시 항성이었고 그 우스개들이 내게는 푸른

파장들만 마시게 했다

밤의 도플러는 너의 속(俗)을 뚫는다 책장 너머의 옹알이는 나선형 은하의 고결한 방언, 보편적 관점에서 짐승이라는 이름의 정의는 네 붉은 소음순만큼 아름다운 것임을, 정지궤도 위성이 밤의 반대편에서 발견하는 소리에 대하여 맑고 무모한 확신을 가지려 한다 당신은 알잖아 지구의 맑은 밤에서 나는 큭큭대는 고압의 웃음소리로 비싼 현악을 조율해 본다 솔—이라고. 소울,은 우리 경위도의 반대편 세상을 끌어오지 8음계의 능선을 넘는 너는 조심스레 어깨끈을 풀어놓고 마지막 우주왕복선이 너를 꽂은 채 망원경을 고치러 간다 거기까지, 늘 거기까지는 아름다웠다

수색

차단기를 올린다 서로 잠든 모습도 일어서는 모습도 본 적 없던 이들이 덩굴손처럼 기어 나간다 지겹도록 따뜻해지지 않는 먼지를 쓰고 옆집의 얼굴도 딸의 졸업도 볼 수 없던 그의 빈집이 전구를 보고 있었다

잠시 열린 문으로 나간 고양이를 아무도 찾지 못했고 그해도 이듬해도 아무도 돌아오지 않았고 모두가 다음엔 더 좋은 일로 보자고 인사했었다

제집이 없는 곳, 나는 그의 얼굴을 잊었고 또 오겠다고 쉽게 말하던 곳에 들어선 방송국 신사옥을 보면서

꽤 오래 살았다 당신은 땅과 사람이 서로를 떠미는 기찻길에서 차라리 노랗고 키 큰 중장비를 사랑했네, 담요를 덮고 술잔을 치우고 조율만 잘된 기타를 만지작거리면서

우리는 반짝이는 곳만 바라보았다 누가 저건 항공장애등이라 했고 누구는 저걸 납품하는 회사 이름을 안다고도 했지만 누구도 오래된 건물과 밤바람을 추억할 순 없었다

또 오겠다고 쉽게 말하면서, 자주 모이는 작은 별빛들인 척하면서 아무도 기중기가 되고 싶다고 말할 순 없었다

나는 캄캄한 하늘, 반짝이는 꼭대기에 앉아

하얀 안전모 같은 고양이를 안고 싶었다

유리체

밤은 명사일 리 없어
우리는 보다,의 반대편에 있다

쥐들이 붉은 눈으로
가마솥 같은 어둠을 휘젓듯
나는 인형의 떨어진 눈을 기웠다
화면은 늘 가장 밝은 조도로
가장 나쁜 암부를 보여 주는데
왜 나는 네 홍채가 검은 줄만 알았을까
눈을 감긴다 어제에겐 색채가 없고
내일에겐 질감이 없는데
볼 수 없어서 우리는
물컹한 유리가 되어 가지
액상(液狀)으로만 만나자, 눈을 뜨면
쓸데없는 밤이, 시력이 없는 눈이
사물의 무늬가 되어 간다

너에게 나는 얼마나 투명할 수 있을까

눈꺼풀 뒤에 휴대한 진짜 밤을

본 적도 없이 몇 절씩 꿰맨다

나의 채광창

꿈을 꾸고 싶어, 담장마다 하나씩 어린 목소리들 묻어 온 곳에서 버린 화분이 깨진 어제를 피워 올린다 늘 채광이라는 낙관, 이 잘 여문 섬어(譫語)가 물때에 가까워질 무렵 나는 잠들어서도 밥 짓는 골목이 뒤척이는 것을 보았다 꿈을 꾸고 싶어, 발 도장은 어느 쪽으로도 찍혀 갈 테니 겨울은 먹먹한 귀처럼 예고 없는 눈들을 부치곤 했으니

반사되는 빛은 받아 놓은 빛을 뚫는다 잘 꾸려진 가방이 응달 속에서 아까워질 때, 내가 지고 간 숨들이 긴 잠을 걸어 돌아올 때, 내 신발은 점점이 헤어졌다 얼굴을 잊어버린 할머니와 그림책을 뒤적이던 집이 아직 그곳을 행복하게 지킬 때, 미처 발견하지 못한 낱장이 가는 흙 위로 가는 손을 밀어 올릴 때, 내 취미는 조악한 것이라고 꽉 찬 제설함이 유약한 어깨를 붙들었다

보인다 두꺼운 이불 속에서 깨알만큼 자라는 발가락이, 버들개지에 달린 번데기 실만큼만 보인다 한 발 내딛는 것으로 충분할 만큼 뼈들이 쉽게 부서지는 꿈들이 있었지 새로 해 넣은 방충망이 가장 쓸모없어 보이던 날 나의 채광창은 역한 쳇바퀴 속에서 따뜻하게 굳어 갔다 봄이 오지

않을 것이란 믿음이 괜히 확고해져 가던 날, 그 많은 화분
이 어떻게 살아 있었는지 알지 못했다.

가위

태어났지만 생이 없던 첫 누나였을까
생은 있지만 태어나지 못하는 나였을까

저승이 모두를 잘 먹일 순 없겠지만
얼핏 보이고 들릴 때가 있어, 미래의 신이
키가 큰 건 죽음이 삶보다 더 길어서겠지

얼굴이 없는 사람을 보았다
세상엔 공포나 고독처럼 평등한 것들도 많아
죽은 시간에 찾아와 나를 넘어 다니던 그는
저보다 나이 먹은 나를 보면서
첫울음 앞에선 세상에 온 걸 환영하면서
돌아갔을 때는 편히 쉴 것을 안도하면서
이제 산 자들에게만 기도하는 나를 본다

우리는 천국에 대해 뭐라고 해야 할까
면목이 없는 세계를 대신해 나는
아직도 말로만 마중하는 것일 테다

안녕, 아직은 잘 지낼

제2부

행성운동 4법칙

보폭이 한 발씩 멀어진다
뒤에는 산소가 없고

입을 떼면 몇 광년씩
늘어나는 성간 우주

재게 오는 입김이 뜨겁다
너를 얼마나 태우며 왔는지

돌아갈 수 있다면
돌아갈 곳이 아니지

궤도를 잃은 신발이
온밤을 다 그리며 간다

총상화서

봄은 한 번도 봄에 이른 적 없고
너무 가벼워
담장 어디에서도 주울 수 없는 발소리가 땡볕 아래의 줄기들을 깨운다
용서 같은 건 받는 쪽보다 하는 쪽이 나을 줄 알았어, 네가
아침을 그렇게 닮은 줄 몰랐던 나는 주전부리 하나 없는 저녁만 닮아 갔다

나무도 링거를 맞는 세상이네
그런 소리나 하면서
기약 없는 인사를 늘려 가면서

우리는 더 가벼운 곳으로
꽃잎들이 다시 하늘로

졸도한 온도계 눈금을 손금처럼 펴 보이는
네겐 모든 상처들만 유채색이었다
밀과 보리가 자라듯
우리는 무한히 자랄 줄 알았지 다르게 지란 건 죄야, 나는 너를 탓하고 너는 봄을 탓하며 젖은 잎을 주웠다

웃으면서, 웃으면서 끼워 놓은 책은 다시 펴지 말자
아무리 걸어도 마주치지 않을 계절 앞
봄,이라는 말은 더 근질근질했다

덮인 앞 장을 되돌리는 꽃눈이
겹겹이 오른다

회

세상 바깥에서 내 장기를 보는 일과
네 생살 맛 중 어느 것이 나을까
계단에서 넘어진 생선이
국물을 쏟는다 나는 너의 머리가
매운탕으로 보여, 옛날이야기엔
먹을 것이 별로 없어
시간이 늙으면 그리 언성이 높은 걸까

칼이 참돔의 척수를 끊을 때
내가 아무것도 믿지 않게 된 때
방금 전까지 내 발을 피해 흔들던
그 꼬리의 동력은 어디로 갔는지
척수의 깊이를 그리도 잘 알던
너는, 척수가 무엇인지 알고 있을까

누가 자른 적 없는 꼬리를 언제
저 수채에 던져 버렸는지 너는
항상 먼저 구들을 밟고 올라서는데
길지도 있지도 않은 서로의 끝을
밟으려고만 하는 저 발 속에서

너는 물 밖 세상만 노래하는데

생살을 씹으면서, 생살,이라고
말하던 입술에서 따끔한 바다 맛이 난다
인간이 있는 곳 어디에나 계단은 있고
그게 얼마나 많은 곰팡이와 개미를 머금고
잘 마른 걸음을 흉내 내려 하는지
바다의 무릎을 저미며 돌아오는지

그렇게 좋아는 하고 믿지는 않았던
생살의 바깥에서
내 짠 피와 너의 꼬리가 같은 점이었던 걸
너는 알고 있을까

산천어

낚싯줄을 사 들고 나는 구멍을 뚫고
너는 겨울의 뒷모습을 본다
드리운다,는 말은 그림자보단 바늘에 가까운 말
서로에게 미끼가 없던 모든 때가 겨울의 악기였으니 타인의 닫힌 곳을 따라가는 일을 여행이라 불렀다

뚫린 빙판이 바닥부터 울었다 산천어가 내 손 위에서 화상을 입을 때 나는 얼음 아래에 잠든 통점을 건져 올린다
긴 동관처럼 울던 너는 강 그 자체였고, 이곳에 나를 낳으러 왔듯이

잡히지 않아
흩어지는 건 입김뿐인 몸 위에서 우리는 어떤 방식으로도 합할 수 없는 산술과 꺼낼 수 없는 바늘을 새겼으니
평안한 백색과 평안한 바늘 아래
이제 보이지 않는 몸들을 오롯이 너라고 부를 수 있을까

던져 넣는다 놓아줄 수 없어
그렇게나 두껍게 언지 몰랐던 너의 절반을 나는 행복하게 틀어막았다

공벌레처럼 걷기

자꾸만 넘어지는 노래
낮게 날다, 날다
뜰 수도 없는 우리의 진화가
비를 머금고 기어 돌아온다
노래만으론 숨 쉴 수 없던
저지대를 닮던 너와
걸음만으론 숨 쉴 수 없어
더 낮은 곳으로 돌아오는 벌레들을
닮은 내가 있다 물속을
무사히 기어가다니 공벌레처럼
우리는 어떻게 퇴화해 갔는지
얽힌 적도 없던 그 많은 발들이
어떻게 거기까지 와 있었는지
숨을 참듯 웅크려 온 여름이
참아 온 노래를 적시면
우리는 그때의 빗속을 걷자
개지 않아도 걸을 수 있던
점점 늘어만 가던 구름 위로
날아 본 적도 없는 너를 배웅하고
몸 두고 돌아오는 계절이 있다

절리

모든 모래가 찌를 때 발은 아무 곳에도 찔리지 않는다 그래서 너무 굵지도 작지도 않은 물결들만 사랑하는 거라고 각진 바위들이 입을 모았다

걸을수록 도무지 아름답지 않은 바다와 그 왕복의 무늬들만이 우리 것이던 때가 지나가면

네 위에서 질문이 대답보다 많았을 때, 산책은 책임이 없다는 점에서 사랑받는 거라고 반박하고 싶었다

조수가 취향처럼 온다 내가 판 구멍에 내 발을 빠뜨리고 새 운동화를 버렸던 날부터 내게 파도는 수용보단 배웅에 가까웠다

바위틈에서 잡은 게들을 파도 위로 던졌지만 한 마리도 쓸려 가지 않는 걸 보았다 뭐든 거두기엔 바다의 발은 너무 크고 손은 너무 작은 것 같아

거대한 변명처럼 선뜻 빠지지 않아

닮고 싶다는 말은 어떤 식으로든 실언일걸

저것들을 튀겨서 먹을걸

그게 가장 인도적인 답안일 테니까

게를 씹으면 나보다 드센 껍질들이 싫었을 테니까

자길 빠뜨리기 위해 구멍을 파듯

나는 가장 딱딱한 책만 읽어 왔을 것이다

누가 절리,라고 말한다면 그건 본디 한랭 건조한 것 사계절 차가운 곳에서 쫓겨난 아이처럼 잠깐 몸이 떨린다

널 빠뜨린 내 손이 더 이상 자라지 않을 때 여름 뒤에 진짜 여름이 오고 겨울 뒤에 진짜 겨울이 올 것처럼, 어떤 공식도 아름답지 않고 그것만이 내 것일 테니

대답이 질문보다 많을 때가 모두 산책이었다고 반박하고 싶었다

잠복기

내가 찾은 일곱 잎 클로버는 그때 보호색을 버렸다 점점 같은 뜻이 되고 있는 풀들을 아쉬워하며 우리는 제단 같은 언덕을 내려온다

육효를 뽑듯 벌레 먹은 잎을 골라내는 너의 둥근 등허리보다 더 둥근 미신에 기대고 싶은 시절이 올 거야 충해 입은 모든 생에게 운치,라는 말만큼 잔인한 것도 없으니

왜 사람들은 기형적인 먼 것에게 열광하고 가까운 기형에겐 가차 없을까

그만 가자는 말을 아무리 해도 부족해
감촉도 없이 잃어 가는 것은 언어만이 아니었다
알을 가득 둘러멘 물자라가 노을 속에서 허우적거릴 때

예초기가 낮의 공원을 엎어 놓은 걸 보고 우리는 음복의 심정으로 층계를 밟는다 잘린 풀들은 질긴 풀들보다 억세게 일어서겠지만 잘려진 나는 어디에도 발을 딛지 못했다

낫질해 본 적 있어? 풀의 손등을 찌르면 잘 꺼내지지 않는 서로의 마지막이 선물처럼 찢겨지는데

바늘을 아무리 오래 달궈도 상처는 부풀고 오므려지

지 않는 다리와 오므려지지 않는 머리카락이 반성 없이 서로를 만지듯 우리는 벌어지는 모습으로 힘겨운 핏줄을 누른다

어디가 아파? 발목이 아프다고 발목만 치료하면 영원히 낫지 않을 텐데

그런 식으로 나는 성한 데 없는 삶을 주무르며
힘차게 거짓말했다

강릉

주인을 잃은 산은 불안한 녹음을 피우지 강의 엉덩이가 잠들고 다시는 돌아오지 않을 벽, 금 간 접시처럼 간신히 붙어 있는 침묵들이 씁쓸한 체액을 나눈다 나는 깨뜨린 다기의 파편을 도무지 찾을 수 없던 집 안 바닥을 돌아본다 산이 자신의 주인을 낳을 때, 다음 혹은 그 다음다음 여름까지 인간이 감히 눈 뜨고도 날아오를 수 없을 때, 너의 퇴행한 깃털을 빗질하던 손과 점점 어려지는 열매들이 비슷하게 딱딱해져 간다 어딜 돌아가고픈지 떠나고픈지 그렇게도 그립게 코를 골던 네 곡성에 창문보다 검게 닫힌 허벅지가 떨렸다 나는 네가 울고 있다고 믿었는데 눈 이외의 모든 너는 강처럼 울었다

다물린 잠 너머 나는 너의 뒷산을 읽는다 오늘은 동남에서 서북으로 불어온 날, 머리 풀고 헐벗은 조상이 우리를 만지는 날이야, 모든 작은 버릇들이 다시 네 발로 돌아갈 수 있도록 인간은 서로의 가죽을 입는다 녹색 옷을 입지 말 것 모든 녹음들은 태초 불운한 것이니 네가 사랑한 여행은 너와 어울린 적이 없었으니 나는 이만 노란 선 밖에서 손 흔드는 자, 분수에 맞지 않는 따뜻한 이불처럼 호기롭게 너를 적시며 나는 네 낯선 생년월일을 맛씹으며 오

래전에 사 놓은 반창고 겉봉처럼 부스러지는 여정에 퇴행
퇴행 침을 발라 보았다 비행기 타고 있네, 두꺼운 공공의
어둠 속에서 너는 밤,이라는 발음과 오전의 죽은 입술을
구분할 수 있었을까

전생을 준비하자 가방을 메고, 일어나 떠나온 길 쪽으
로 걸음을 뗄 때 그게 네 고향 중 하나였는지도 모르고 방
문을 닫았다

글로뷸

등줄기에 겨울 금성이 외롭게 고인다 저게 행성이라니, 너의 엎드린 피오르드 사이에서 한 방울도 자유롭기 싫고 아무리 짙푸른 밤도 방뇨의 혐의를 따라 흐르는

얄팍한 대기권 아래서
나는 네 위에 쏟아진 산광성운이었다
조금 비리면 어때 저 높은 항로의 하늘은 누가 보아도 정지해 있고 우리는 그럴 리 없는 쪽에 누워 있는데, 우주풍이 네 허리를 구긴다

빛도 빨아들이는 천체가 있대
질식한 별들을 고향에 보내는 날

다시 만나러 가는 길과 다시는 만나지 못하는 길이 같은 종점을 두었다는 점에서 내 과학은 너의 종교였지만 내 병든 종교에 상응할 너의 과학은 없었다

그럴 리 없기를, 꺼진 제례에 서로의 몸을 떨고 차라리 널 위해 몸을 녹일 수 있는 대기권에 참 오래도 누워 있었으니

빛도 물도 없는 곳까지
식별되지 않는 너를 더듬어 보면서

방전된 배터리를 심우주에 버린다
종점이 없는 역에서
나는 오래 서 있고 싶었다

검은 물

쓴맛만 남는다
흙냄새가 나

놀이터에 남겨진 삽처럼
스푼은 바닥을 고르고
장난이 아닌 것만 다시 주워 담긴다

양동이 속에서 네가 울었을 때
찬바람 앞에서 담요를 가져다주지 않던
나는 입술을 깨물었다 검은 물속에서
쓰디쓴 말들 속에서 혼나지 않기 위해
결별하지 않기 위해 하는 것이 정리,라는 배움뿐

그 흙장난 속에 우리는 없었다

네 찻잔 속과 나의 하루는
더 큰 어둠 속에서 만나자
잔에서 흙냄새가 나
그게 더 좋은 거야,라고 하면 더 필요 없어지듯이
비가 오면 젖는 걸 좋아하다가 빗소리만 남겨지듯이

어두운 배움은 늘 찻잔 앞에 있다
검다,는 어른,과 같은 색이었네

손 씻어야지, 집에 들어오면
검은 물이 검은 손에서 자랐다

어리석을수록 아름다운 줄 아는 나이
그걸 함께 마신 것만이 나빴다고 해 두자

설기(泄氣)

발을 담그면 네 발이 보인다
가죽이 익고 골수부터 식는
빙점 위로 건강한 밤이 서 있고

꿈에서 곰보가 된 널 보았고
푸른 옷을 입었더란 것만 말했지
불운은 어디에도 없었어

내일은 낮고 끈적한 곳에서
힘겨웠던 잠을 어떻게 깰 수 있을까
너의 외투가 푸를 리 없고
다시 여지없는 가죽을 입고
시시한 외출에 대해 말하는

아직 식지 않은
아침의 입은 쓰고
뜨겁고 검은 나이가 점점이
피어오르는 밤의 얼굴

익숙해지자 너를

뼛속부터 담그는

진흙 펄 길 잊을 만할 때
잿더미처럼, 눈이 온다

카마이타치

네가 버린 한때가 내가 버려진 데서
떠다닌다니
족제비 같은 바람이
소문처럼, 본 적 없는 살결을
때리며 걸어오다니

실핏줄 터진 얼굴이 비친다
바람이 거울을 찢는 한낮
네가 없었던 때가 여기 휘돌아오면
인칭과 족적은 제자리가 없어, 본 적 없는
진공들이 어지럽게 와 앉는다

거죽이 상하는 것은
거죽을 잘 걸어 두려 못을 박는 일
말과 바람은 같은 무게일 수도
다른 독일 수도 있지만 함께
불어올 수는 없어, 아무것도 걸지 못한
너는 쉽게 너일 수 없어, 안전선 밖
누구든 안녕할 리 없ㄱ
내가 잃은 인사가 따갑고 낯설다

소문처럼 한낮이
모든 겉옷을 꺼내 말린다

HAFE 현상

티벳의 하늘은 대안이 없는데, 대책 없이 깊은데, 속이 끓어오르는데, 부풀어 오른 과자 봉지가 터지는데, 대책 없이 밤만 기다리는데, 밤이 더 밝았다

은하수를 나는 책으로만 배웠는데, 실제로 보면 이름처럼 유치하지 않은데, 기름진 하늘이 눈에 박히듯 이국의 기름진 것이 들어간 배는 곧바로 흐르려 하는데, 하늘은 눈치 없이 천천히 흘러만 가는데

저 성운을 이루는 것은 모두 가스 덩어리라 했는데, 저 세상에선 가스들도 저렇게 아름다운데, 시위를 놓듯 터져 나간 구름 덩어리들이 저렇게 아름다운데, 오늘은 나의 성운 하나를 점찍어 두는데, 괜히 눈동자만 깊은 저 셰르파는 자지도 웃지도 않는다

별의 구름은 별의 바깥으로, 나의 구름은 별의 바깥으로. 티벳에서 피워 올린 거대한 성운이 있었는데, 이것은 내가 끝없이 버리고 온 구름 이야기, 원래 여행이란 버리고 오는 것이다

제3부

도선사

장래희망란을
채워 본 적이 없었다

장래,와 희망,은
무슨 관련이 있는지

해사법규를 꽂는다

물속 열 길을 안다면
사람 속 따윈 필요 없어

필요 없는 사람처럼
모르는 물길을 외웠다

상

돌본다는 건 심장에 깊어지는 못이었다 사월이 개화 순서를 놓치면 식기들이 바닥에 떨어지고, 먼 촌수로부터 가까운 촌수에게로 찾아오는 문상에게 엄마는 다음 밥상을 차린다

꽃무덤 하나를 두고 서로가 서로를 미루던 병동은 그 긴 추위를 어떻게 견뎌 왔을까

기저귀 속에서 한 번도 만개해 본 적 없던
외할머니가 더는 일어날 수 없게 되었을 때
나는 살아서도 일어설 수 없는 봄과
삶을 돌본 적 없으면 끝도 돌보지 않는 진실을
이해하지 못했다

심박이 떨어질수록 혼자 남겨질 식사와 혼자 남겨질 가족사는 끝내야만 옳은 것이 되어 갔다

요양,이란 아무도 돌보지 않는다는 뜻
지긋지긋한 오한보다 더 지긋지긋한 것이 봄이라고, 밥상머리는 차마 말하지 못했다. 만개한 벚꽃이 거리에 쏟

아지듯, 쏟긴 물컵은 밥상의 비린내만 걸레질한다 돌볼 일 없는 꽃놀이로 어질러진 침상들이 더 두꺼운 혼자가 되어 간다

입맛이 없어져도
살 사람도 죽을 사람도
모두 자기가 흩날릴 거라곤 말하지 않았다

오월

혼이 베개에 묻을 만큼 오래 잠들고 싶던 날
나는 귓구멍에서 내 가려운 잠을 파낸다

모두 둥근한 불 위에 누웠던 때가 언제였을까
한 이불에서 발을 뻗었을 때가 언제였을까
혼자 왔다가, 혼자가 아니었다가, 혼자가 아닌 줄 알았다가, 혼자가 아니고 싶다가, 결국 혼자가 되는 삶들을 건조대에 널던 오늘은 달과 지구의 공전 거리가 가장 멀었다
행성과 위성이 멀어도지고 가까워도진다는 사실을 처음 알았고 멀지도 가깝지도 않은 가족이 살고 있었고

나는 어디에도 살고 있지 않았다
가족의 달에는 가족도, 가족 없는 희망도, 희망 없는 가족도 있으니 우리는 꼭 희망이 없이 살아도 나쁘진 않겠지
그것은 단어에 불과하고 오타에 가까울 테니
가령 살아,라고 쓰다 사랑,이라고 쳤을 때 언제든 어떻게든 삶은 실수이고 그래서 아름다워 보였듯이, 내가 글을 쓰는 게 다행인 때가 있었듯이

잠 속에서

잠 밖에서
또는 마지막 이승에서
더 많은 봄이 보고 싶었다

배시스케이프

저 성층권 너머 깊은 곳에는 넙치가 산다고 했다 남몰래 구름의 알을 풀어놓는 저녁의 습성, 남은 젖니들이 쥐포를 뜯을 때마다 과학 도감에서 본 마리아나해구의 수심을 되뇌며 깊게 흔들렸다 내게 바다는 얕은 우주, 꼬마들이 구름을 쫓으며 고무동력기 댓살을 붙일 때 나는 늘 심해잠수정 설계도를 그렸다 총알도 뚫지 못하는 플렉시 유리창 밖, 좀 더 깊은 곳으로 가자고, 내 설계는 오귀스트 피카르의 것보다 완벽하다고 조용한 바다가 잠꼬대했다 그도 유령해파리를 만났을까. 몇 억 년 전부터 중력이 없던 곳에서 저문 대류권의 모든 별은 뻐드렁니 앞에 등불을 드리운 심해아귀였다 처음 보는 것을 보듬어 보기엔 너무 작은 손이 투명한 뼈대를 그린다 탐조등에 비친 우주는 먹이사슬 밖에 있었기에, 의자도 라면도 구비된 관측실 안에서 나는 외롭지 않았다 엄마와 같이 오지 못한 것만이 아쉬운 찰나, 다시 떠오르게 하는 장치가 없다는 걸 알았을 때 우주의 바닥에서 넙치 한 마리를 보았다

등화관제

뿌리에도 알이 있다는 것을 처음 알았다
발등에 밤이슬이 돌아오던 날
다행히 빨간 꽃들엔 무심하던 네가 복개 공사로 사라지기 전, 빛의 행적들을 찾아 도시에서 도시로 떠나기 전에
쇠귀나물과 토란의 맛이 히아신스 크로커스의 이름보다 촌스러운 줄 알았던 내 아홉 살의 등화관제에 어두운 화분을 걸어 둔다

야 이백십 호 천삼 호 불 꺼라
외할머니가 알뿌리를 넣어 끓인 국물 맛은 네가 돌보던 집과 그 꺼진 불 속에 뜨겁게 잠긴 어른들의 맛
진짜 폭격이 시작될 줄 알았던 두근거림이 혀끝을 조였다

덮인 흙 위로 매일 자라는 이슬들이 잠을 모을 때, 캐낸 알뿌리들은 켜진 일과보다 꺼진 전등들을 더 많이 머금었다

동이 틀 때까지 서로의 발등만 보면서
점점 짧아지는 봄을 옮겨 가는 것은 불꽃 속에서
나는 제일 아름답던 우산을 안고
긴 울음과 웃음 사이에 침을 뱉는다

애초 걸었던 길

봄이 너무 미끄러워서 그랬어요, 육절기가 골목을 저미는 사이, 갓 난 힘줄과 헌 힘줄 사이, 멸종 전의 계절 몇 가닥이 분별없이 솎아진다

굳어 갈수록 짙게 무르익는 피 냄새
눈 감아도 찾아갈 좁은 잎맥들이 소복한 거웃을 긁는다

너희는 집을 나서기 이전, 혹은 나설 집도 없던 아이들의 비릿한 연륜 속, 벗어나지 못할 불티 위에 열쇠를 꽂았다 애초 검던 길을 밟고 밟는 바람이 따갑고 요란하게 물들 때 노란 스쿠터들이 뜨거운 기름 위에서 박식하게 여물어 간다

너희는 한 번도 가 본 적 없는 길들에 대해 말했고
갈 수밖에 없었던 길들에 대해 들어야 했으니
욕설 같은 날카로움으로
번듯한 흉터를 닮은 모습으로
의자 위에서 살아남은 잔뼈들이
분별없이 길레질했다

술기운으로, 따뜻한 피 냄새 속에 우리는 만났다 아무도 막지 않았고 그곳의 해는 그치지 않을 것 같았다

섬모충

그리울 게 없었다 별다른 이유 없이 키가 자랐고 양파 세포를 처음 보았던 때 왜 글리세린을 떨어뜨리는지 묻지 않았다 나는 한때 식물도 동물도 되고 싶었지만 재물대 위보다는 접안렌즈 위가 좋았으므로 세포핵 밖에서 이족보행의 꿈들을 보았다

슬라이드를 꾸욱 눌러 본다 뒤뜰에서 급우들이 별다른 이유 없이 으깨졌지만 아무도 책임이 없었다 정수리에 오줌을 싸던 쪽이 결국 오줌을 맞던 쪽에게 칼을 맞은 날, 죽음의 첫 경험은 쾌재의 방식으로 왔다 손가락을 주우면서, 피 냄새가 오래되면 대변 냄새가 된다는 걸 알았고 책상은 세포분열보다 빨리 치워졌고 우리는 책상보다 빨리 치워졌다

글리세린 속에서, 남의 정강이 속이나 기웃거리면서, 보행하는 쪽보단 침묵하는 쪽이 덜 나빴으니 칼도 오줌도 맞은 적 없는 나는 두 발 달린 침묵으로 자랐다 그리울 게 없었다 분노할 일이 무엇인지 찾는 것과 분노하지 않을 일이 무엇인지 찾는 것은 늘 커다란 비유 속에서 사는 일이었으니

커서 창남이나 하겠다던, 원대한 꿈의 터럭들이 시궁창 속에 있었다 다양성의 이름으로, 발이 여러 개인 건 세포가 하나이기 때문이었다 나는 굳이 구정물을 밟지 않는다

월면 채굴기(採掘記)

몸 누일 곳을 모의하러 온 새 몇 마리가
소독된 달 표면을 마름질했다
실외 흡연 구역의 담뱃불이
바람 안쪽에 수술선을 그었을 때
세 번째 옮긴 병원에서도 아버지의 머리 속
돌멩이는 깨지지 않아
한 몸 추슬러 가던 길들만 허청거렸다
온 세상이 앓으면 아픈 게 아니고
매일 아프면 그것도 아픈 게 아니라고
위독한 시간들을 한곳에 풀어놓으면서
아버지가 고요의 바다 어디쯤을 채굴하고 있었다
병들도 힘 빠질 무렵
두개골을 망치질하는 마른기침이
울퉁불퉁한 삶 쪽으로 흔들렸다
몸속의 돌은 달 뒤편의 돌 같아
닳고 닳은 땅 밑보다도 단단하고
검을수록 깊은 광맥에 이어져 있는데
어느 갱도에서 그는 길을 잃었을까
저 큰 굴착기가 가지고 나올 단단한 돌
돌아와 때때로 돌아눕던 그는

다리의 성근 터럭을 젊은 내게 보여 주었다
달의 얼룩이 지구에 뿌리를 내린 날
아무에게도 거기서 뭘 했는지 말해 주지 않았다
창밖 저탄 더미. 캐낸 달빛이
벌써 내게 문병 오고 있었다

틀니

이건 어떻게 할까요
뼛가루 속에서 얼룩처럼
쇳조각이 오른다

버리는 일에 익숙한 우리는
일렬로 선다 검댕이 묻지 않게
멀리서 고개만 끄덕이는

상속세와 증여세를 계산하던
남은 틀니들이
더운 국을 퍼 담고

목에 육수가 흐르고 넥타이를 벗고
깃에 풀을 먹이듯 점심을 먹는데
어떻게 할까요,는
어떻게 할까

웃을 타이밍 찾아
그을린 이승의 곰탕들이
저승의 곰탕을 씹는다

거룩한 노랑

꽃샘바람의 잔소리가 오랜 먼지를 흔든다 올해의 상징색은 노랑이래, 펜톤 컬러 연구소에서 뒤늦게 발표한 아침이 지천에 햇볕을 쏟아 놓아도 마른 지구는 쉬 일어날 줄 모른다

우주 망원경이 마지막 별들의 장례를 찍어 보냈을 때
꿈은 청색편이에도 적색편이에도 가깝지 않았다
새해 복 많이 받으세요, 모두가 복된 시작을 빌었지만
작고 수없는 뒤척임들이 잠결처럼 떠나기도 하던
다리보다 높은 쇠 난간이 하늘로 휘청이던
모든 2월을, 오전의 파장들을
더러운 분리수거함만이 조용히 쓸어 담았다

죽고 나서 꿈에 한번 나온 적 없는 할아버지에게 한 번쯤 섭섭해했었다 할머니가 5층 계단에서 넘어진 날, 온 거리가 거룩한 노랑색 수의를 입을 때까지 새들이 모처럼 발시린 문턱까지 날아왔다는 것을, 나는 끝내 알지 못했다

담낭암

내 팔뚝을 빨아 먹다 잠든 조카가 점점 축축해졌다 수온 상승 때문에 갯벌 바지락들이 집단 폐사했대, 닭들이 아무리 죽어 나가도 상경하지 못하는 형의 전화 음성에서 사료 냄새가 올라왔다

수습 없는 더위 이전엔 수습 없는 말들도 있었을까
각질 가득한 이불과 리넨에서 양계장 냄새가 났다

이백 살까지 살 거라고, 다시는 다리를 펴지 못하게 된 노인이 집에 보내 주지 않는다며 간병인을 때렸다 축적된 울분이란 물리법칙의 일종일까 오직 땀만이 그 질긴 여름들과 구부러진 다리와 용변 냄새 끝에 서 있던 간병인들에게 공평한 몫이었다면 그때 병동을 가득 채운 공기를 뭐라 불러야 했을까

그 쓴 쓸개에도 암이 생긴다는 얘기를
태어나 처음 들었고
아무도 슬프지 않은 것만이 슬펐다

서른의 방학

당연한 듯 걷다, 줄어든 팔뚝을
슬쩍 잡을 때, 미열이 길을 건너온다
매번 채워야 하는 내 배가 번거롭고
안도,라는 단어가 문득 생각나지 않을 때

젊은 구름들에게도 미소한 끝들이 있어
식은 그릇 같은 저녁을 골목 어귀에 두고
두꺼워짐에 서투른, 제 몸 나이테 어디쯤
넋을 태우는지 모르는 나무들이
깨끗한 발과 함께 멈춘다 닮을 일 없어
너와 네 헛된 옷깃을 부검하듯
살아 더 눈부신 목소릴 자꾸 긁는다

바지 뒷단이 끌리기 시작할 때
터진 종량제 봉투처럼 쏟아지는 저층운을
볼 수 있을 때, 녹이 앉은 줄만 괜히 퉁겨 보다
어스름 뒤편에 얇은 이불을 펼 때
오늘의 예보는 어떤 국지성 호우도 적중한다
앞으론 착하게 살지 않겠다고, 모든 허기가
따뜻한 우유처럼 목을 넘어가기를, 새벽

세 시의 쓰레기차 번호를 외우면서

아직도 역전, 같은 말처럼 촌스럽고
제 발가락이 밉지 않을 방법만 누워서
궁리하는 시절이 있었다 앵글로 만든 책장이
외로운 공기만 붙잡다 놀이처럼 녹 피우는
잠시, 서른의 방학이 선불리 지나간다

기일

술을 싫어하던 당신에게
무얼 건넬지 잊은 날

침침해진 뼈들이 서로를 턴다
어두워진 건 저녁인지 눈인지
거북목의 능선이 손톱처럼 자라면
돌아갈 순 있지만 잡아 줄 손이 없어
매일 밤 길을 잃는 이승에선
타향보다 고향이 더 낯설다

가로등이 밝아 온다 고개를 들면
언제나 따가운 눈가시를
핥아서 빼 주던 당신이 서 있고
나는 5번 6번 경추가 문제였고
거기 너무 오래 앉아 있었고 그건
너무 금방 떠난 당신의
곧은 허리 덕분이었을 것이다

어묵 국물처럼 묵묵한 웃음 속에서
나는 의문만 잔뜩 물려받은 채

변온동물처럼 웅크린다 페타이어 안에
누운 들쥐가 잠 속에서부터 말라붙듯
당신도 그랬을까 아무도 모르게
구겨진 운전석에 앉아
노골적으로 왔다 은밀하게 가는 삶들을
나는 여린 앞발로 자꾸만 휘저어 보는데

좋은 사주를 믿을 힘도 없을 때
무등을 타고
당신의 오늘을 묻는다

졸업

던질 때도, 대답할 때도 놓친
아호(兒號)가 돌돌 말린다

아무것도 할 수 없어
더러운 꽃

혼자 오는 법이 없다

제4부

공작왕

맞는 말처럼
옹이에 대패질하자

앓는 사물처럼 나를
책상에서 도려내면

인간이라는 구멍이
검붉은 쓸개를 두고 온다

최초의 교환

깨진 저녁을 걷어차자
빗맞은 구름이 가슴에 걸린다

단단히 넣어 둘수록
단단히 잃어버리는데
가진 것 없이 잃을 준비만 하다
나를 두고 올 때

아무런 말도 못 쉬을 삶이
하나씩 는다 인간이 행한
최초의 교환은 고독이었을 것

너는 내가 오답이기 위한 선물
아직 거기 있을

나는
몇 월 며칠의 밤이 될 것인가

푸주의 강

아무도 숨겨 주지 않는
죽은 강들의 밀담
빗속에
너의 살점을 두고 오곤 했지

손이
질긴 산도(産道)에 토사물처럼 노래를 붓는다
갖은 발짓으로 빈손으로, 김이 오르는
너의 문턱까지 안녕히 다녀왔기를
강보에 싸인 물이 잠들었던 척한다

불을 올린다 너를 씻기고, 아직도
줄기에 빗소릴 숨긴 꽃을
저울에 달아 보면서

살이 나를 보는 소리

신천옹

잔에 입을 댄다
내 말이 묻을 때마다
너는 멀어지고
나는 내게서 멀어진다
먼 곳을 주워섬기는

네가 꺼릴 말을 치우면서
바깥에, 새들이 난다
침묵이 길고 검게 물들어 올 때
철새일까
붙지 않은 입들이 밑에 흘러 있다

대부분의 생을 하늘에서 보내는 조류도
발은 붙어 있다
내 말이 네게 가 붙을 때

발 없는 새는 발을 잃은 것
발 없는 새는 없다
발 없는 말은 발을 잃은 것
발 없는 말은 없다

입을 잃은 잔이 있다

까마귀

깃털이 깃털을 모략하던
그날의 냄새를 기억한다,라면
어느 겨울은 춥지도 가지도 않으니
너는 기억하는 척한다
이는 지구의 오래된 버릇
누구도 살아 본 적 없는 방식으로
주례사가 쓰이듯, 너는 앞으로도 뭘 할지
모를 것이고, 나는 몰라서 쓴다

나무조차 없던 옛날엔 있었을까
질소와 이산화탄소의 꿈, 꿈
아무 데나 갖다 붙이는 꿈처럼
뇌신경의 화학반응을 들여다보다
잠들었다 너무 오래 칠해도
그림이 되지 않아
너는 화가의 꽃을 베껴 그리다 말고
페인팅나이프가 보고 싶은 색만
떠다 캔버스에 붙인다

이건 꽃이고 이건 어항이고 이건 고래고

이건 꿈이야 이건 까마귀, 까마귀
사실은 잊어버렸지
다시는 네가 없는 꿈

내 해골을 파먹던 이산화탄소가
꽃 위를 덮는다

화장

헐벗은 어깨 위로 아낌없이 쏟아지는 건 저녁뿐
너는 깨진 이빨과 소용없는 소리들만 천천히 줍는다

이제 좀 쉬어, 어제의 운세만큼 어긋난 목덜미를 밀어올리는, 집어넣을 것 없는 신발을 신는 그런 휴식
수고 많았고 오늘도 못 받았고 더 보내 줄 것 없는 언덕이 송전탑까지 걸어오면서

녹은 쇠에서 피어나고 그곳에서
너는 쇳물을 마실 거야
그러니 수저는 놓지 말라던

비틀어진 네가 아직도 네 이전의 무게를 불안하게 받치고 있는 날, 여긴 그만 와, 잠들고 싶은 공원의 눈앞에선 네가 세운 철근도 깨끗해 보여서

먼지바람 속에서 내면만 빛나던
라면 봉지를 보았을 때 나무젓가락이
잘못 부러졌을 때
어색한 발을 어디로도 놀리지 못하던 저녁

단단해진 네가 더 어색하게 서 있다

사생대회

파리를 쫓던 사자와
티셔츠 입은 강아지가 눈을 마주친다
우리 토치 쉬야 했구나, 그때
나는 잠지 끝이 아니라 동공을 보았다
눈의 본의는 관람보단 목격에 있다

축제가 끝나면 해골을 들고 돌던
시대가 있었는데, 나는 해골이 그려진
교육용 인체 도감을 자주 보았는데
분노 없이 물성만 남은 딱딱한 대면
너는 그걸 어떻게 그릴 수 있을까

타조를 보러 가서, 먹이와 손바닥을
구분할 수 없는 주둥이와
코끼리처럼 쏟는 오줌을 보면서
아무도 또치,라고 인사하지 않았다
숨 막히게 큰 닭이 네 뼈를 보는데
누가 누구의 해골을 먼저 그려 보는지

아무도 가르친 적 보여 준 적 없어도

모두가 배워 가는 걸 사생,이라 부를 때
너희가 어떻게 우리에 갇혀 가는지
모르고 싶었다 네가 36색 크레파스로
커다란 오줌 줄기를 그리기 전까지

토치, 하고 부르면 이미
모든 눈이 불에 그슬린 듯
그래도 해골만 할까 우리의 저녁이
스케치북처럼, 처음 본 사자 꼬리처럼
노란 손사래를 친다

비문증

나는 흙먼지처럼 왔으니
저녁이 혼인비행처럼
능선을 넘는 걸 본다

이불 속에서 평생 나오지 않을 듯
버스를 따라 우리는 동면놀이하러 가자
붉은 구름에 감기는 바람들을
손등으로 짓이기는, 벌써
저무는 눈꺼풀들을 비벼 보면서

바람이 흙먼지를 데려올 때
홍채는 눈을 가누지 못하고
정류소는 늘 성가신 하교를 기다린다
눈부터 저려 오는 저녁들은
앓아야 할 아픔도 주워 들 그리움도 없어
유감인 건 혈압도 간 수치도 아닌
날파리 떼마저 피해 가는 길

아무도
아무에게도 열병이 되지 않는

염

아무도 죽지 않고
사고만 널린 오후가 붉게 물든다
전신주 실은 트럭이 창 던지듯 달리면
아 저건 올리는 게 아니라 심는 거였구나
사람이 사람보다 조금 높게 올려 둔
빛들이 오줌발처럼 흘러든다

도시 전력이 들어오는 모습을 처음 본 날
나는 태반 밖에서만 더욱 복잡해지는
손금으로 도랑을 팠다
오늘도 고생했어, 저녁은
저녁이라는 말에 기대고
아무도 제 짐을 온전히 싸지도 못한 채
집에는 도착한 줄 안 채 잠들걸

오래 앉아 있던 방광이 뜨거워
어디에도 해명할 수 없는 세월들이
내 가방을 털어 시동을 걸었다

늘, 특수청소부

더 바쁜 손들에 떠다 넘기며
밀실에선 살아 있어라

오후에는 귀가 없다 구멍 없는 이들은
들으려 한 적이 없는

마지막이란 말이 갖는
짧고 끔찍한 길

긴 냄새는
모든 타일을 뜯어내야 할 테고
울음이 묻는다

향기를 땅에 묻는 것, 살아서
지독하게 남을 끈이 있었다면
나는 죽기 전에 내 심장을 볼 수 있을까

얼굴에 탈취제를 붓는다
상상 따위론 지워지지 않는
살아 있어라, 안팎으로 올라오는

늘,

•나는 죽기 전에 내 심장을 볼 수 있을까: 1842년 11월, 헤겔이 횔덜린에게 보낸 편지 중에서.

스페이스 할머니

할머니가 붙는다 겨울도 아닌데
단단히 여민 우주복은
지구 공기 차단용이었을까

먼 곳만 바라보던 내 눈앞에서
가슴에 달린 하얀 컨트롤 모듈에
불우이웃노인장애인돕기범우주실천연합
이라는 궁서체가 모니터처럼 반짝이다
그건 원래 증폭기였다는 듯 소리쳤다

우주엔 소리의 매질이 없는데
무심코 선 죄는 왜 사방으로 퍼질까
어느새 싸락눈이 덮이고
신호등 외엔 눈 둘 데 없는 지구인들은
알아들을 수 없는 말들과
길디긴 정지신호에 숨이 막힌다

겨울도 아닌데, 가만히 서서
예의와 양심을 시킨 내 엉덩이가
우주복을 더 단단히 여민다

옥수수

도처에 널려 있어 역한 바람이
여러 번 몸살을 일으킨다

그 많던 벌레들은 어디로 갔을까

한때 여름이었던 줄기들이
죽어서 더욱 자란다면
담벼락을 본 적 없다면 그건
좋은 꿈이었을까 달리고 달려도
그러다 지쳐 깨어나는 벌판이
죽어 넘어졌을까
넘어져 죽었을까

모두가 서 있어서
아무도 선뜻 누울 수 없는 곳
썩어서 무너진 계절을 먹고
곡식이 자란다 스적이는 건
실감이 없는 저녁

웃으며 흔들린다

흔들려서 웃는다

원래 이곳은 바람이 없다

이장

맑은 날이네, 묻기에
좋은 나이였는지는 몰라도
좋은 흙이었는지는 알겠다

한낮을 파 올릴수록
더욱 다져지는 하늘
오랏줄 같은 뿌리를 자르면

모든 빛엔 소리가 있어
재측량 없어 더 시끄럽던 땅이
맡겨지지도 찾아지지도 않는다

여미지 못한 단추
아무도 묻지 않는
문짝 하나만 한 구멍이 있다

보이저 1호에게

물통 속에 밤이 퍼진다
내 붓은 차갑게 씻기고

안부라는 건
대개 꿈풍선일 뿐, 눈부신
우주 방사선 속에서

버릴 꿈이 없어서, 널 닮은
연체동물을 그렸다 저 외행성 출신의
물기 없는 입을, 활짝 핀
중력 없는 팔들의 짙푸른 기별을

축하한다
악수하는 법도 몰랐으면서
우리는 늘 몽상이라는 교신 위에서
지구에서의 너를 그렸으니
한때 색색 풍선보다 더 필요했던
날숨을, 더운 붓을 휘갈겨 본다

화장실 창밖이 밝아 오고

벌어진 해바라기가 그려져 있다
그 금빛 껄끄러움 또한
교신,이라 생각했던 물음을 안고
나는 지금 태양권의 어디쯤을
좇아가고 있을까

청참

익히 아는 울음이
내게는 밤밖에 없어, 선뜻
나서지 못했다 우연의 주변으로
독한 업장들이, 한 무더기
숨겨 온 신발을 내려놓고
새벽을 들으러 간다

인간보다 먼저 있었던
소리에 기대어, 한 무리가
있음 직한 점괘를 만들어 가는 일

누구도 보지 못했다 정작
내 걸음과, 걸음이 진 신앙이 낡고
완연한 속운(俗韻)이 되는 길
원언도 축언도 막지 못한 바람이
첫 울음소리 끝에 매달리는 아침을

답청(踏靑)을 기다리는 머리맡
마른 길을 건너는 아이들, 이젠
무슨 점괘로 읽을 것인가

해설

보이저 1호가 우리에게 남긴 것

조대한(문학평론가)

1. 닿지 못할 안부

'보이저 1호'는 지금까지 인류가 만든 모든 인공물들 중에서 지구로부터 가장 멀리 떨어져 있는 물체이다. 1977년에 발사된 보이저 1호는 자신의 임무였던 목성과 토성의 관찰을 끝마친 후에도, 우리 중 누구도 가닿은 적 없는 미지의 영역을 향해 여전한 항해를 계속하고 있다. 이미 태양계의 끄트머리를 넘어선 이 우주선은 현재까지도 자신의 위치를 초 단위로 알려 오고 있으며, 전력 공급원의 수명이 다하더라도 자신만의 외로운 등속운동을 이어 나갈 듯싶다.

주목할 만한 것은 보이저 1호 안에 동봉된 '골든 레코드'라는 이름의 기록물이다. 『코스모스』의 저자이기도 한 세이건의 주도 아래 만들어진 그 금빛 디스크에는 인간과 지구에 관한 여러 정보들이 담겨 있다. 우리의 언어를 알지 못하는 타 생명체에게 레코드의 이해 방식을 설명하려는 도

식과 선분들이 뒷면에 새겨져 있기도 하고, 한국어를 포함한 55개국의 언어와 다양한 이미지들이 수록되어 있기도 하며, 심지어 보들레르의 시까지 담겨 있다. 외계 생명체들이 우리의 의도와 호의를 읽어 낼 수 있을지 의문이 들긴 하지만, 본디 "안부라는 건/대개 꿈풍선" 같은 것이기에 "우리는 늘 몽상이라는 교신 위에서" 닿지도 않을 인사를 누군가에게 꿈처럼 건네고 있는 것인지도 모르겠다. 금박 위에 새겨진 그 "금빛 껄끄러움 또한/교신,이라 생각했던 물음을 안고" 그 고독한 탐사선은 "지금 태양권의 어디쯤을/쫓아가고 있을까"(「보이저 1호에게」).

보폭이 한 발씩 멀어진다
뒤에는 산소가 없고

입을 떼면 몇 광년씩
늘어나는 성간 우주

재게 오는 입김이 뜨겁다
너를 얼마나 태우며 왔는지

돌아갈 수 있다면
돌아갈 곳이 아니지

궤도를 잃은 신발이

온밤을 다 그리며 간다

—「행성운동 4법칙」 전문

위의 시편에서도 성간 우주 속에서 어딘가로 나아가는 '나'의 모습이 그려진다. 내가 무언가 말을 하려 "입을 떼면" 뗄수록 지나온 거리는 "몇 광년씩" 늘어나고, 행성과 행성 사이의 보폭은 더욱 벌어지는 듯하다. 시의 제목이기도 한 '행성운동 4법칙'은 케플러가 만들었던 '행성운동법칙'과 연관된 표현인 것처럼 보인다. 독일의 천문학자였던 케플러는 태양을 공전하는 행성의 운동과 관련하여 타원궤도의 법칙이나 조화의 법칙 등 총 세 가지의 경험적 법칙을 만들었다. 흥미로운 것은 모종의 법칙을 발견하는 과정에서 그가 기존의 완고한 믿음을 깨트려야만 했다는 점이다. 당시에는 천체 혹은 행성들이 완벽한 원운동을 행하고 있다는 믿음이 굳게 자리 잡고 있었다. 하지만 케플러가 발견했던 것은 태양을 도는 행성들의 공전이 타원의 형태로 찌그러져 있다는 사실이었다. 천체의 조화로운 원리를 수립하기 위해 만들어진 그의 법칙은 스스로의 준칙을 세우기 위해, 역설적이게도 기존 세계의 조화를 부정해야 했던 셈이다.

위 시편의 '행성운동 4법칙' 또한 그러한 역설적인 부정 속에서 탄생되는 것처럼 보인다. 내가 걸음을 옮길 때마다 뒤쪽 경로에는 산소가 사라지고, 너에 대한 이야기는 오히려 이전의 너를 점점 지워 간다. 내가 걸어온 거리는 "너를 얼마나 태우며 왔는지" 그 소거의 정도를 증명하는 듯하다.

누군가에게 다가가려 할수록 점점 더 멀어진다는 것, 어딘가로 나아갈수록 그 궤도에서 이탈하게 된다는 것, 출발점으로 돌아가려 할수록 다시는 돌아갈 수 없게 된다는 것을 나는 그 보폭의 누적과 경험을 거치며 깨닫는다. 부재와 생략을 통해 자신의 실체를 증명하는 역언법(paralipsis)처럼, 나의 걸음과 너의 마모를 통해 완성된 이 행성운동의 네 번째 법칙 또한 소멸과 실패 속에서만 제 스스로를 증명하는 법칙인 듯하다. 그렇게 "닳는다,는 말이 두 발끝에 깃든다"(「역언법」).

시집 『보이저 1호에게』 속에는 이처럼 점차 닳아 없어지는 지난날에 대한 기억과 발화들이 곳곳에 담겨 있다. 그것은 돌아가지 못할 한 시절의 이야기, "끝없이 버리고 온 구름 이야기"(「HAFE 현상」), 내가 잠시 머무르던 '너'라는 항성에 관한 이야기들이다. 행성운동의 법칙을 따르는 그 이야기들의 표면에 "내 말이 묻을 때마다" 점점 더 "너는 멀어지고" 나 역시 네가 머무르던 "내게서 멀어"져 간다(「신천옹」). 그렇게 입을 떼면 뗄수록 기억 속 너는 희미해지고 어딘가로 나아가면 갈수록 안온했던 과거의 내가 머물 곳 또한 역시 사라져 간다는 것을 알고 있음에도, 시인은 왜 그 자기 소모적인 걸음을 멈추려 하지 않는 걸까. 우리는 무엇을 위해 닿지도 못할 안부 인사를 그렇게 먼 곳으로 보내고 있는 것일까.

2. 무한한 우주에의 갈망

앞서 잠시 살펴본 것처럼 류성훈 시인의 첫 시집에는 그곳에 다가가려 할수록 그 실체가 사라져 버리는 기이한 도착지 혹은 역설적인 과거의 시간이 등장한다. 그것은 특히나 '봄'이라는 계절과 관련된 이미지로 종종 형상화된다. 봄은 행복했던 가족의 기억들이 담겨 있는 계절(「오월」)이면서도, 내가 머물 수 없는 집이자 가질 수 없는 시간(「봄밤」)으로 그려지고 있는 듯하다. 「총상화서」라는 시편에서의 봄 역시 내가 가까이하려 하지만 끝내 마주치거나 소유하지 못했던 계절인 것 같다. '나'는 "한 번도 봄에 이른 적 없"다. 다가가지만 그 무엇도 "주울 수 없는 발소리"는 여기저기로 흩날려 다 주워 담을 수 없는 꽃잎의 이미지와 나란히 놓여 있다. 시의 제목이기도 한 '총상화서'는 '무한화서(Indeterminate inflorescence)'의 일종으로, 자라나는 꽃대를 따라 위에서 아래로 계속 피어나는 꽃들의 형상을 일컫는다. 여러 개의 꽃이 어긋나게 피어나는 그 '총상화서'의 모양은 한 발 한 발 걸음을 내딛는 발자국의 모습과 정확히 겹쳐진다. 이 걸음과 꽃잎의 생장 모두 다시는 그 출발점으로 되돌아갈 수 없는 무한한 봄의 등속운동인 듯싶다. "아무리 걸어도 마주치지 않을 계절 앞"에서, 자라나는 발자국은 점점이 찍히고 "덮인 앞 장을 되돌리는 꽃눈이/겹겹이 오른다".

이처럼 어딘가로 무한정 나아가는 시적 풍경은 다른 작품들에서도 잘 발견된다. 예컨대 「배시스케이프」라는 시편을 보면 "과학 도감에서 본 마리아나해구의 수심"을 반복적으로 되뇌는 '나'의 모습이 등장한다. 다른 꼬마들이 바깥에서 뛰어놀거나 고무동력기를 만들던 시절에도, '나'는 실제 잠수선의 이름을 딴 이 '배시스케이프'의 "심해잠수정 설계도"를 그리며 작은 우주와도 같은 그 심해 속을 탐험하는 꿈을 꾼다. 표면에 가닿을 수 있을지 장담할 수조차 없는 저 너머 깊은 곳엔 구름의 알을 풀어놓는 '넙치'의 이야기가 전설처럼 전해져 내려온다. 희미한 탐조등에 기대어 외로운 항해를 계속하던 나는 "다시 떠오르게 하는 장치가 없다는 걸 알았을 때", 즉 내가 이전의 시간으로 다시는 되돌아가지 못한다는 것을 깨달았을 때 그 깊디깊은 "우주의 바닥에서 넙치 한 마리"와 마주한다.

얄팍한 대기권 아래서
나는 네 위에 쏟아진 산광성운이었다
조금 비리면 어때 저 높은 항로의 하늘은 누가 보아도 정지해 있고 우리는 그럴 리 없는 쪽에 누워 있는데, 우주풍이 네 허리를 구긴다

빛도 빨아들이는 천체가 있대
질식한 별들을 고향에 보내는 날

다시 만나러 가는 길과 다시는 만나지 못하는 길이 같은 종점을 두었다는 점에서 내 과학은 너의 종교였지만 내 병든 종교에 상응할 너의 과학은 없었다

그럴 리 없기를, 꺼진 제례에 서로의 몸을 떨고 차라리 널
위해 몸을 녹일 수 있는 대기권에 참 오래도 누워 있었으니
빛도 물도 없는 곳까지
식별되지 않는 너를 더듬어 보면서

방전된 배터리를 심우주에 버린다
종점이 없는 역에서
나는 오래 서 있고 싶었다

—「글로뷸」 부분

위 인용한 시편 또한 심연과도 같은 무한한 우주 속에서 어딘가로 나아가고 있는 풍경 하나를 그리고 있다. 다만 주목해야 할 부분은 위의 시공간이 '대기권' 안쪽의 공간과 그 바깥 '천체'의 공간으로 이원화되어 있다는 점이다. '대기권'은 얄팍하지만 그렇기에 또 아늑한 '너'와의 세계이고, 다소 비릴지언정 그만큼 생생했던 시절의 영역이다. 우리는 서로의 "몸을 녹일 수 있는 대기권에 참 오래도 누워 있었"다. 잠시나마 시간이 정지된 듯한 고요한 그곳에서 '나'는 '너'와 오래도록 머물고 싶었던 것 같다. 하지만 "누가 보아도 정지해 있"는 듯했던 그 시간 속에서도 우주의 시간은 끝없이 움직이며 팽창하고 있었나 보다. 얼마 지나지 않아, 밀착한 '너'와 '나'의 시간을 무한정 허락하지 않는 무형의 힘이 둘 사이를 가로지르며 작동한다. 그것은 두 존재를 서로 끌어당긴 인력만큼이나 명료하게 작동하는 매정한 척력이었는

지도 모르겠다. 그렇게 차가운 “우주풍이 네 허리를 구”기고, 안락했던 우리의 시공간에도 균열이 생겨난다.

이처럼 우주의 법칙과 인간의 삶을 연결 짓는 상상력은 이 시집에서 자주 포착되는 중요한 시적 상상력 중 하나이다. 가령 시인의 인상적인 등단작이었던 「월면 채굴기(採掘記)」를 보면 고요한 바다 혹은 달의 표면 어딘가를 채굴하는 이미지와 아버지의 머리 속 돌멩이를 수술하는 장면이 나란히 제시되어 있다. 또 「스페이스 할머니」에서는 버스로 추정되는 공간에서 내게 바투 다가온 할머니와, 그로 인한 나의 죄의식, 타인과의 단절감 등이 ‘우주복’이라는 소재를 통해 효과적으로 그려져 있다. 장마가 시작되는 ‘소서’의 절기와 그 시절 초여름의 아련한 풍경을 맞닿아 놓은 「소서」, 정월 초하루 자연의 울음소리에 기대어 한 해의 운명을 점쳐 보는 「청참」 등의 작품에서도 우주의 징후들과 인간의 삶을 포개어 놓는 시적 구도를 엿볼 수 있다.

그러니 위에 인용한 시편에서 언급되는 “빛도 빨아들이는 천체”의 이미지나 “심우주에 버린” “방전된 배터리”의 표현은 ‘나’와 ‘너’의 관계에 대한 은유이자 형식 그 자체로 읽힌다. 작품의 제목이기도 한 ‘글로뷸’의 형상 또한 마찬가지이다. 이는 가스로 만들어진 암흑성운의 일종인데, 이 입자들은 스스로 빛을 내는 것이 아니라 산광하는 별빛들에 기대어 자신의 실루엣을 드러낸다. 그것들은 언뜻 둥근 지구의 형태를 띤 것처럼 보이기도 하나 먼지와 기체들의 초기 집합체일 뿐 온전한 항성은 아니다. ‘너’와 ‘나’의 관계 역시 “쏟아진 산광성운”처럼 빛나는 순간들의 환상에 기대어 만들어진다. 하지만 그곳엔 어떠한 유형적 실체도 없는 듯하다. 가까이서 공전하던 우리의 이끌림으로 생성된 그 텅 빈 관계의 구체는, 질식한 별들이 그러하듯 우주 한쪽으로 쉽게 사라져 버린다.

나와 타인과의 관계는 심해와도 같은 어둠 속의 도약이라고 비트겐슈타인은 말한 적 있다. 그는 관계를 서로의 말을 이해하지 못하는, 즉 공통의 언어 기반이 없는 존재들 사이의 의사소통에 빗댄다. 아무런 말도 통하지 않는 존재들 사이의 불가능한 소통처럼, 나와 타인과의 관계는 서로의 이해가 교환되고 있다고 여기는 실체 없는 맹신 속에서만, 너와 나 사이에 놓인 심연을 뛰어넘는 믿음의 도약 속에서만 이루어지는 것이라고 그는 주장한다. 보이저 1호에 담긴 우리의 일방적인 언어들이 외계의 생명체에게 닿을 수 있다는 아름답고 근거 없는 믿음 속에서 송신되었던 것처럼, 너와 나의 관계 또한 실체 없는 믿음과 상상의 지속으로만 작동될 수 있다는 것이다. 그러니 믿음이 시들어 버린 “내 병든 종교”는 우리 둘 사이에 존재하던 가상의 인력을 더 이상 기능하지 못하게 하였고, 텅 빈 실체가 드러난 그 방전된 관계는 이내 허공으로 흩어지고 만 듯하다.

‘우주공포증’ 혹은 ‘목성공포증’이라는 단어가 있다. 이는 감당하기 어려울 정도로 거대하고 까마득한 우주의 실체와 대면하였을 때 인간이 느끼게 되는 공포감 같은 것을 지칭하는 표현이다. 개인에 따른 편차가 있겠으나 보이저 1호가 우리에게 보내온 목성의 근접 사진을 보면 그 감정이 언뜻 이해가 가기도 한다. 기체들로 이루어진 그 거대한 행성의 흐름을 바라보고 있노라면 알 수 없는 무력감과 함께, "디딜 수 없는 사진 속에서 붉은 눈의 목성이 여기를 보고 있"(「목성공포증」)는 것만 같은 두려움이 엄습하기도 한다. 그리고 이 우주에의 공포는 너와 나의 관계에 대한 두려움과 또다시 겹쳐진다. 그것은 우리의 관계가 실은 아무것도 아닐지도 모른다는 공포, 우리의 아늑했던 대기가 실은 텅 빈 허상에 불과했을지도 모른다는 공포, "그곳은 전부 기체에 가까울 테니 내 발론 디딜 수 없"(같은 시)게 될지도 모른다는 공포, 그 두려움에도 불구하고 그것을 향한 갈망을 그만두지 못하는 매혹에의 공포인 듯싶다.

3. 불가능의 여분

나는 죽기 전에 내 심장을 볼 수 있을까
—1842년 11월, 헤겔이 횔덜린에게 보낸 편지 중에서

이 인상적인 문구는 「늘, 특수청소부」라는 시편 속에 삽입되어 있는 구절이다. 해당 문구는 친우였던 시인 횔덜린에게 헤겔이 보낸 서신의 일부로 알려져 있다. 이 구절이 어떤 시인의 유명한 작품을 참조한 것이 맞다고 한다면, 이 문장 뒤에는 다음과 같은 구절이 덧붙여져야 한다. '사람은 누구나 자신의 심장을 상상만 하다가 죽는다는 사실을 나

는 아네'. 이 연이은 문장들 속에는 불가능한 대면의 순간에 대한 두려움, 안타까움, 갈망, 좌절 등의 정서가 복합적으로 담겨 있는 듯하다. 지금껏 살펴본 것처럼 시인은 왜 그 끝없는 갈망이 실패로 끝난다는 사실을 잘 알고 있으면서도, 자꾸만 그곳을 향해 나아가는 걸까. 그것은 허무한 반복 혹은 낭만화된 실패 이상의 어떤 의미가 있는가?

혼자 왔다가, 혼자가 아니었다가, 혼자가 아닌 줄 알았다가, 혼자가 아니고 싶다가, 결국 혼자가 되는 삶들을 건조대에 널던 오늘은 달과 지구의 공전 거리가 가장 멀었다
행성과 위성이 멀어도지고 가까워도진다는 사실을 처음 알았고 멀지도 가깝지도 않은 가족이 살고 있었고

나는 어디에도 살고 있지 않았다

—「오월」 부분

함께 실족할 수도 있는 것
내가 부러진
그 위로 넘어지던 것을
우리는 관계,라고 불렀다

네가 나를 부축할 때
아무것도
짚고 설 것이 없을 때

—「골절」 부분

위의 「오월」이라는 시편에서는 여전히 관계의 불가능성의 일면이 묘사되어 있는 듯하다. 이 우주 속에 홀로 던져졌던 '나'는 누군가와의 만남을 거치며 잠시 혼자가 아니게 되고, 그래서 실로 "혼자가 아닌 줄 알"고 살아간다. 그러나 지구와 그 유일한 위성인 달조차도 가까워진 만큼 이내 곧 멀어진다. 서로를 가까이 잡아당기는 인력은 약속처럼 그만큼의 척력을 발생시키기에 우리는 끝내 각자에게 완전하게 가닿을 수 없고, 그것이 사람이든 행성이든 이 우주 속 존재들의 관계는 쳇바퀴 같은 공전을 반복할 수밖에 없는 듯하다. 나는 "혼자가 아니고 싶다"는 불안한 갈망으로 너에게 끝없이 다가가 보지만, 내가 대면하게 되는 것은 결국 "혼자가 되는 삶"이다. 머무르던 너를 잃고 어디에도 발붙이지 못하게 된 시인은 다음과 같이 말한다. "나는 어디에도 살고 있지 않았다".

「관계」에서 드러나는 '너'와 '나'의 '관계' 역시 언뜻 여전히 실패하고 부서지는 양상인 것처럼 보인다. '너'와 '나'는 제자리에 서서 서로에게 몸을 기대어 보려 하지만, 결국 발을 헛디뎌 함께 넘어지고 만다. '내'가 부러진 그 자리 위로 '네'가 넘어지는 것, 그렇게 우스꽝스럽고 처연한 뒤엉킴과 실패의 모습을 시인은 '관계'라는 이름으로 부르는 것 같다. 헤겔의 탄식처럼 스스로의 삶을 운지이게 만드는 심장조차도 우리는 평생토록 직접 만나 볼 수 없다. 그것은 지구에 가닿으면 부서지게 될 달의 운명처럼, 우주 속 존재들의 근본적인 한계인지도 모른다. 그렇다면 만남이 불가능한 그 존재들 사이의 관계는 무한히 순환되는 공전(空轉)을 끝내 벗어나지 못하는 것일까.

지젝은 헤겔을 인용하며 공백으로 나아가고자 하는 존재들의 분투와 그 속에서 생겨나는 어떤 잔여에 대해 이야기한 적이 있다. 그는 천체 물리의 대척점에서 우주의 구성 요소를 함께 탐구하는 입자물리학을 사례로 든다. 입자의 물리법칙 내에서 기본 입자의 질량은 정지 상태의 질량과, 운동 가속화에 의해 생겨난 여분의 합으로 이뤄져 있다. 그러므로 정지 상태의 질량이 0으로 주어져 있을 때 그 전체의 질량은 오로지 가속화에 의해서만 발생하게 된다. 다시 말해 텅 빈 무언가가 움직임을 통해 만들어 낸 가상의 여분이 해당 입자가 지닌 실체의 전부가 되는 셈이다.

이 논의의 틀을 잠시 빌려 보자. 아무런 실체적 근거도 없는 너와 나 사이의 관계는 일견 기만적인 허상에 불과한 것처럼 보인다. 하지만 둘 사이에 쌓인 시간의 누적과 이끌림의 가속은 분명 있다고 말할 수밖에 없는 어떤 온기와 여분의 감각들을 만들어 낸다. 그 관계가 실제로는 아무런 물질적 실체도 지니고 있지 않을지라도, 그것은 너와 나 사이를 이끌어 가는 무형의 압력이자 서로를 지탱하는 힘으로 작동하기도 한다. "아무것도/짚고 설 것이 없"음에도 "네가 나를 부축할 때" 생겨나는 그 잠시의 여분, 아무것도 기댈 곳 없는 허공에서 서로의 발을 디디고 서 있는 그 기괴한 믿음을 실로 시인은 '관계'라고 부르는 것이 아닐까.

자꾸만 어긋나는 믿음과 공허한 우주의 별자리 속에서도 인과의 법칙을 발견해 내려 했던 한 천문학자처럼, 시인은 자꾸만 멀어져 가는 존재들의 차가운 척력 속에서도 서로를 끌어당기는 어떤 구심력을 만들어 내고자 하는 듯하다. "척력만이 있어서" "감히 끌어당기지 못"했던 너와 나의 관계 사이에 "운세를" 보듯 인과의 실마리를 부여하기도 한다(「장복(臟卜)」). 물론 그것은 누군가의 뜻과 안배에 의해 삶이 이끌린다고 여기는 종교 혹은 신앙의 방식이라기보다는, 텅 빈 생의 발걸음 속에서 삶의 이유들을 채워 나가는 일이자 자신의 삶 속에서 스스로 "있음 직한 점괘를 만들어 가는 일"(「청참」)에 가까운 것 같다. 요컨대 그 이끌림의 운동과 가속 속에서 탄생한 여분의 무언가가 실제 너와 나의 관계를 움직인다고 믿는 것, 어떠한 실체에도 기대지 않은 채 스스로의 묵묵한 걸음으로만 공허한 삶의 궤적들을 채워 나가는 것.

그러니 마지막은 다시 보이저 1호의 이야기로 되돌아가 보자. 저 너머의 누군가에게 우리의 언어를 전달하겠다는 불가능한 도약을 꿈꿨던 세이건은 또 하나의 비실용적인 제안을 했다. 그것은 보이저 1호가 서 있는 위치에서 우리 별 지구의 모습을 촬영하자는 것이었다. 여러 우려와 반대를 낳았던 이 제안은 탐사선의 임무가 모두 종료된 후에야 실행되었다. 그리고 태양계의 끄트머리에서 찍힌 이 사진에는 '창백한 푸른 점' 하나가 희미하게 찍혀 있다. 아마 보이저 1호가 지금보다 더 멀리 나아가게 된다면 그 흐릿한 점은 거의 보이지도 않을 정도로 작아질 것이고, 항해를 떠났던 그 시작점은 이내 잊히듯 사라질 것이다. 보이저 1호가 인류의 그 누구보다 멀리 최후의 저 너머까지 도달하더라도 "인간이 행한/최초의 교환은 고독"(「최초의 교환」)이었던 것과 마찬가지로, 그 금빛 레코드는 누구에게도 닿지 못하고 홀로된 돌림노래만을 침묵처럼 부르고 있을 것이다. 시인의 묵묵한 발걸음과 발화 역시 끝내 아무런 도착지에도 가닿지 못하고 금세 희미해질지도 모른다. 하지만 그 끝없는 걸음 뒤편에 남아 있었던 작고 희미한 푸른 먼지처럼, 이 시집 속에서 발화되었던 실체 없이 아름다운 시편들만은 그가 꿈꾸었던 불가능의 여분이자 인과의 흔적으로 우리에게 오래도록 남아 있을 것 같다.